兒童成長故事注音本

閃爍的螢火

劉健屏　著

U0108847

中華教育

目 錄

1. 閃爍的螢火

要是有人問我：一年四季你最喜歡哪個季節？我會毫不猶豫地回答他：夏天。

夏天，是多麼快活，多麼熱鬧呀！

氣候給我們脫去了襯衣、長褲，只穿汗背心和短褲衩，舒臂踢腿，奔跑追逐，別提多輕鬆了。白天，可以去釣魚、摸蟹、粘知了。如果你想游泳，那隨時可以往河裏一跳，在河面上迸水花、打水仗、睜開眼睛扎猛子、捉迷藏……哦，那清涼的河水簡直可以使你忘掉世界上的一切。

夜晚也是迷人的。如果你走出小鎮步入田野，天上是皎

月明星，地下是蛙鼓一片。你可以在水田裏照黃鱔，可以到竹林裏逮小鳥，而最有趣的，是扣螢火蟲。那是多麼美妙的景象啊！朦朧的夜色中，一盞盞淡綠色的燈，悄無聲息地在溪上草間飛來飛去，這盞燈熄了，那盞燈又亮了。放眼望去，閃閃爍爍，飄忽靈動……

　　螢火蟲並不避人，要逮住牠極其容易，你只要伸出手朝着牠一扣就能扣住。去年夏天，我和金民幾個夥伴扣了多少螢火蟲啊！我們把螢火蟲裝在透明的玻璃瓶裏，裝在紗布袋

裏，做成了一盞盞「螢燈」。我們說好，今年要做更多更亮的「螢燈」，還要開個「螢火晚會」呢！

今年暑假已經放了幾天了，可我卻幾乎連院子的門也沒跨出去過！

我沒盡情地游過一次泳，更沒去扣過一次螢火蟲——儘管我是那樣喜歡扣螢火蟲。

我爺爺病了。病得很重很重。

原先能抱起我轉幾個圈的爺爺，突然連站都站不起來了；原先能講許多許多故事的爺爺，突然連一句話也說不出來了。聽大人說，他是「中風」癱瘓了。

望着爺爺蒼白瘦削的臉頰，望着爺爺顫抖囁嚅的嘴唇，我難過得一天要哭好幾回。

爺爺一定很痛苦，很痛苦。

今天下午，金民和幾個夥伴來找我，他們氣呼呼地問我為甚麼不和他們一起去玩。

我能去玩嗎？爸爸在外地工作，媽媽白天要上班，我能

丟下爺爺自己去玩嗎？不不！我走了，家裏空蕩蕩的，就剩爺爺一個人，他會感到寂寞的。我生病的時候，爺爺不也是整天陪在我身邊嗎？

當我流着淚告訴金民他們，我爺爺病了的時候，他們全都來到了我爺爺牀邊，呆呆地站着，誰也不說一句話。

他們和我一樣，都愛我的爺爺；我爺爺也像愛我一樣，愛我所有的夥伴。

以前，夥伴們總喜歡聚在我家的院子裏，聽我爺爺講故事。爺爺肚裏有多少美妙的傳說和充滿幻想的童話故事啊！他告訴我們，每年七月七，天上的喜鵲都要到銀河去搭橋，讓牛郎織女相會。他告訴我們，嫦娥是偷吃了王母娘娘的仙丹才飛到天上去的；吳剛被罰砍桂花樹是因為犯了天規，那樹砍了又長，永遠也砍不斷。他還告訴我們，吃飯時把米粒撒在地上，雷公公要打的；小孩子說謊話鼻子會變長，舌頭會生瘡……捉螢火蟲也是爺爺教我們的，他還說，古時候有個很勤奮的人，但家裏很窮，晚上讀書買不起燈油，他就把螢火蟲

聚集在紗布袋裏當燈用⋯⋯

爺爺不僅自己很會講，他也很喜歡聽我們講。金民是我們五年一班的文娛委員，能說會道，但有時候也免不了要吹幾句牛。一次，他說他將來要把螢火蟲養得很胖很胖，像天鵝那麼大，屁股後的那點光亮都變成一盞盞五百支光的燈，使世界上永遠沒有黑夜。他指手畫腳，吹得都不像話了，我們都嘻嘻哈哈地嘲笑他，可爺爺一點也不笑他，坐在那裏認真地聽着，有時還一本正經地點頭。

爺爺也是夥伴們最忠實的朋友和保護人。哪個孩子在家裏不小心闖了禍，爸爸媽媽要打他的時候，總逃到爺爺這兒來，不出幾分鐘，就被爺爺的笑話逗得快活起來，變得一點煩惱也沒有了，儘管爺爺在笑話中也夾着幾句批評或勸導。當做爸爸媽媽的出門尋找自己的孩子，差不多快引起一場混亂的時候，闖禍的孩子已在爺爺的懷裏甜甜地睡着了。爺爺就背着孩子回家，並把孩子的爸爸媽媽說一通，誰也不會頂撞他⋯⋯

可是，這麼善良這麼好的一個爺爺，卻被病魔折磨得那麼

痛苦。他再也不能站立起來了，不能給我們講故事了；他看不到門前的小河，看不到夏夜的流螢了⋯⋯

夥伴們在爺爺的牀邊站了很久很久，再待下去，他們都要哭了。後來，他們走了。金民說，他們晚上再來。

月亮已慢慢地爬上了院子裏的樹梢，星星在悠閒地眨着眼睛，蛙聲也從鎮郊的田野裏隱隱傳來⋯⋯

誘人的夜晚，降臨了。

「阿波，白天你夠累了，晚上你出去玩去吧！爺爺這裏有我呢。」媽媽說。

「不，我不去玩。」

我搖搖頭，坐到了爺爺的牀沿上。

爺爺朝我努努嘴，還舉起手指指門外，我明白，他也要我出去玩。

我還是搖搖頭，說：

「爺爺，我不去，我甚麼也不想玩，我陪你！」說着，我從口袋裏掏出了一隻口琴：

「爺爺，我給你吹一支歌好嗎？」

爺爺是個戲迷。以往他一有空總喜歡坐在一張藤椅上，瞇着眼，晃着腦袋，咿咿呀呀地哼從收音機裏聽來的錫劇，至於哼的是甚麼詞誰也聽不懂。我剛學會吹口琴，吹得不好，更不會吹錫劇，但我會吹《軍港之夜》。我想，它也許能夠代替爺爺所喜歡的錫劇。

我吹得輕輕的，節奏也有意放慢。我一邊吹，一邊回過頭來看爺爺。爺爺雖然下身不能動，嘴裏說不出話，但耳朵還靈着，腦子也清醒，看得出，他聽得很認真。

我使出全身本領，努力把這支歌吹得動情一點、優美一點，我還搖晃起身子，做出在軍艦上被海浪輕輕顛簸的樣子。我想，只要我吹得好，爺爺一定會沉浸在我的琴聲裏，而忘記自己的痛苦的。

我吹着吹着，想起了金民他們。要是金民在這裏該多好！他的口琴比我吹得好，我們可以合奏。他們怎麼沒來呢？金民說好晚上要來的呀！

又吹了一支曲子，我覺得該換換花樣了。我說：

「爺爺，我給你讀一段童話，安徒生的童話，好嗎？」

記得有一次我生病的時候，爺爺也給我讀《安徒生童話》（這本書是爺爺去年六一送給我的禮物），他讀的是《海的女兒》，當時我聽得流出了眼淚。我現在也讀《海的女兒》，說不定爺爺聽後也會感動的。

我清了清嗓子，充滿感情地唸了起來：「在海的遠處，水是那麼藍，像是美麗的矢車菊花瓣，同時又是那麼清，像最明亮的玻璃。然而它是很深很深，深得任何錨鏈都達不到底……」

多好的小人魚 ──「海的女兒」！她為了獲得人的雙腿，放棄了無憂無慮的生活，忍受着魚尾換成一雙人腿後所帶來的巨大痛苦；最後，她又為了別人的幸福，化為泡沫，犧牲自己……

讀着讀着，我的心又一次被「海的女兒」深深打動了。當我讀完，我看到爺爺的眼角上有淚珠在閃光。

爺爺拍了拍我的肩，意思讓我歇歇。一會兒，爺爺又指

了指門外，還做了個甚麼動作 —— 我知道，爺爺又要我出去玩，要我去捉螢火蟲玩。

我還是搖了搖頭。

說心裏話，我是想出去玩的，爺爺也知道我最喜歡在這樣的時候去捉螢火蟲玩。但我是決計不走的。媽媽只會給爺爺餵餵飯、喝喝水，只會靜靜地坐在一邊「滋啦滋啦」扎鞋底，既不會讀童話，更不會吹口琴，要是我走了，爺爺一定會感到冷清的。

唉，金民他們到哪兒去了？他們還會來嗎？哦，不會來了，不會來了。他們是在古塔邊捉迷藏，還是在田野裏扣螢火蟲？他們一定在扣螢火蟲，一定的！金民他們說不定把晚上到我家來的事給忘了，但這一點也不能怪他們 —— 扣螢火蟲實在是太有趣啦！

我斜靠在爺爺腳下的牀頭，不知怎的，那鎮外隱隱傳來的蛙聲也似乎越來越響，我的心也像飛到了夜色朦朧的田野⋯⋯

疏疏朗朗的星，銀鐮似的月，草尖上的露珠，小溪裏的流水……忽然，草叢間飛出一盞燈，把夜幕挑開了一道縫；溪水上飛出一盞燈，牽動起岸邊垂柳的倒影。接着，又飛出一盞，又飛出一盞，星星點點，明滅起伏……頓時，花草活躍起來了，在夜風中微微晃動着纖細的腰；溪水閃亮起來了，反射出幽幽的光……

螢火蟲！螢火蟲！

「哈，我扣到了一隻！」

「嘻，我又扣到了一隻！」

夥伴們一定在這樣歡叫着……

「瞧，我的『螢燈』比你大！」

「看，我的『螢燈』比你亮！」

夥伴們一定在這樣比美着……

我想像着想像着，不知不覺，眼前變得迷迷濛濛起來，像有許許多多螢火在閃爍、在飄忽……

霎時，我眼前一暗 ——

是誰拉滅了電燈？

我驚詫地張望着。

忽然，屋門口出現了幾團淡綠色的熒熒的光，在微微地閃爍、晃動；一忽兒，窗檯上也冒出了幾團淡綠色的熒熒的光，在微微地閃爍、晃動；再朝外望，院落裏還有幾團淡綠色的熒熒的光，在微微地閃爍、晃動……

怎麼回事？莫非自己在做夢？

我狠勁晃了晃腦袋，揉了揉眼睛 —— 啊，不！不是夢！這些光分明是一盞盞「螢燈」。瞧，它們正接連不斷地朝屋裏游移進來：一盞、五盞、八盞……天啊，竟有十幾盞！

我驚呆了！

然而，我也明白了 ——

是金民把所有的夥伴都召來了，男的、女的、大的、小的，並把各自製成的「螢燈」也帶來了！

他們像事先約好似的，誰也不說話，把一盞盞「螢燈」掛在蚊帳上，放在窗台上，擱在桌子上，吊在門框上……像滿

天的星星降落到了屋裏，像無數顆夜明珠在發光。整個屋子，完全被這淡綠色的温柔的光填滿了。

我彷彿置身在沁涼如水的夏夜的田野裏，彷彿墮入了夢幻般的光色迷離的童話世界裏。我像醉了一般。

他們說話了：

「阿波，我們看你爺爺來了！」

「阿波，我們看你來了！」

我竟激動得一動沒動。

哦，我的好夥伴！你們用這温柔的光，來撫慰一個病中老人的痛苦的心；你們用這温柔的光，給一個陪伴老人的朋友帶來歡悅和温暖……

「阿波，我們今天在你家裏開個『螢火晚會』！」金民和幾個男夥伴說。

「好爺爺，我們來為你唱歌，為你跳舞……」幾個女孩子說。

我哽咽着說不出話。我看到，兩行淚水從爺爺的眼眶裏

溢出來，滑到了枕頭上。

口琴奏起來了……

歌兒唱起來了……

舞蹈跳起來了……

這一切都在螢火的照耀下。啊，螢火在閃爍！但在我心頭

閃爍的，何止是螢火……

2. 風箏在天空飄

「噢 —— 放風箏啦！」

「噢 —— 放風箏啦！」

一羣孩子擎着幾架風箏，歡天喜地地越過高高的環龍橋，穿過長長的石板街，來到了滿目青葱的小鎮郊野。

眼前是一片多麼美麗的草地呀！

許許多多小草鑽出地皮，伸頭探腦，勾肩搭背，交織成了一塊嫩綠柔軟的地毯；各色各樣不知名的野花點綴其間，紅的、黃的、白的、藍的，像給這地毯繡上了色彩斑斕的圖案……

「就在這裏放！」

「就在這裏放！」

孩子們奔跑着、歡叫着，這個舉起風箏，那個牽着鷂線，開始引放了。頃刻間，一隻隻風箏借着春風起飛了，飛上了遼闊的天空。

前邊那條白亮亮的小河邊，也有一羣孩子在放風箏；更遠些，那綠竹掩映的村頭，也有一羣孩子在放風箏……天空中，飄飛着多少風箏啊！蜈蚣鷂、蜻蜓鷂、老鷹鷂、蝴蝶鷂、五星鷂、八角鷂……形狀各異，顏色多樣，壯觀極了！

「我的風箏飛得高！」

「我的風箏比你好！」

像往年一樣，每當開始放風箏，夥伴們總喜歡相互比試，相互逞強……

在這羣孩子中間，唯有肖傑——那個胖胖的、穿夾克衫的孩子，不屑和同伴們爭，因為他的那隻「蝴蝶鷂」無疑是飛得最高，而且是最好的。

這是他爸爸給他做的。他爸爸是小鎮作坊裏的篾匠。這隻「蝴蝶鷂」做得像極了，張開的翅膀，舒展的觸鬚，再配上彩色的薄紙——瞧，活像一隻真正的蝴蝶在空中飛舞；這風箏上還繫了一隻鴿哨，隨着清風嗚嗚作響，這更是其他風箏無法相比的。

除了這隻「蝴蝶鷂」，就該輪到張濤的那隻「蜻蜓鷂」了——它姿態逼真，通體深綠。自然囉，這也是張濤的爸爸做的，但畢竟缺少鴿哨而只能屈居第二。

最蹩腳的，莫過於周小遠的那隻風箏了。那能算甚麼風箏呀，幾根竹篾紮成一個扁長的方框，上面糊着皺巴巴的灰不溜秋的一層紙，簡直像一張大瓦片；儘管後面也拖着幾根稻草做尾巴，但根本飛不起來。在夥伴們中間沒有人取笑他——他沒有爸爸，沒有人給他紮風箏。他爸爸前幾年病死了。

夥伴們依然在歡蹦嬉笑，周小遠卻遠遠地站在一邊，手裏拖着那隻「瓦片鷂」，呆呆地望着天空，瘦削的臉上流露出沮喪而又羨慕的神情。

「小遠！小遠！快過來！」

有人在叫他。

他一看，是肖傑，忙問：

「甚麼事？」

「快過來，我讓你放一會兒風箏。」

「真的？」

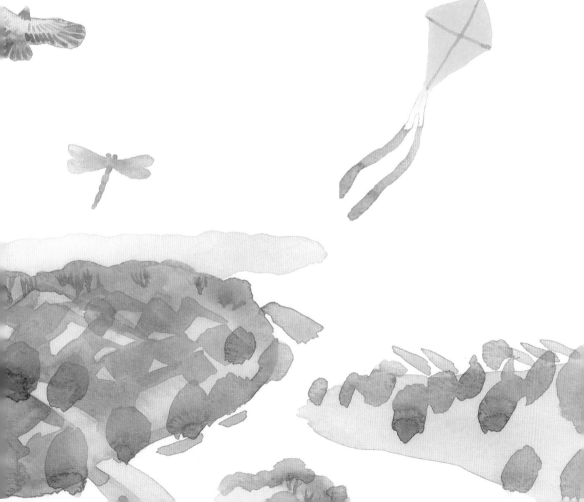

「我甚麼時候騙過你！」肖傑把鷂線遞給周小遠，說，「快拿好，可別讓鷂線鬆了手。」

「嗯！」周小遠喜滋滋地使勁點了點頭。

風箏在天空悠閒地飄動着，那鴿哨在嗚嗚地唱着歌。周小遠抓住鷂線，激動得手都抖了——這可是夥伴中最好的一隻風箏呀！他牽着鷂線，興奮得滿臉通紅。他真感激肖傑。雖然他們同是四年級學生，但肖傑總像個大哥哥似的體貼他，不論玩甚麼遊戲，肖傑總拉他參加，從不嫌棄他；就是肖傑家做了甚麼好吃的東西，也常常給他留一份……此刻，他從草地的這邊顛顛地跑到草地的那邊，快活得像一頭小鹿。

肖傑則在鬆軟的草地上翻起了筋斗。他的心裏甜滋滋的。每逢風和日麗的春天放風箏，他的風箏在夥伴們中間總是最好的，夥伴們崇拜他、羨慕他——在這個季節，風箏的好壞幾乎決定了一個人在夥伴中地位的高低啊！下星期天，全校要舉行放風箏比賽了，他的這隻「蝴蝶鷂」一定會像去年一樣獲得冠軍。

他翻了陣筋斗，累了，就攤開手腳，四仰八叉地躺在草地上。他的左邊有一朵喇叭花，咧着嘴在向他點頭致意；他的右邊有一叢「滿天星」，瞇着眼在朝他微笑。哦，春天的陽光多麼好，照在身上暖融融的；春天的空氣多麼甜，到處是青草和野花的芳香。他真想亮開嗓子唱支歌⋯⋯

猛然間，夥伴中發出了一陣驚呼：

「啊呀！風箏飛跑啦！」

「風箏飛跑啦！啊呀！」

肖傑嚇了一跳。他飛快地側過身一看，頓時驚呆了——

是他那隻心愛的「蝴蝶鷂」飛跑了！

原來，周小遠過於興奮，在奔跑時不小心一個趔趄，摔倒在地，那根鷂線從他手裏飛脫了。他爬起來，追！拼命地追！可鷂線漸漸升高了，夠不着。他還追！前面的小河又無情地擋住了他的去路⋯⋯

四周，一下子變得出奇的安靜，空氣像凝固了一樣。夥伴們站着一動不動，肖傑側身臥在草地上一動不動，周小遠站

在河邊一動不動。他們都仰起頭屏住呼吸，眼巴巴地看着那隻

「蝴蝶鷂」飛遠，飛遠，最後消失在遙遠的天邊⋯⋯

　　肖傑只覺得眼前一陣發黑，他「啊」地大叫一聲，猛地從

草地上躥起來，撲到周小遠面前，雙手揪住他的衣領，發瘋

般地吼道：

　　「你賠我的風箏！你賠我的風箏！」

　　周小遠嚇得臉色煞白，呆呆地聽憑肖傑揪他、吼他。

「你賠我的風箏！我的風箏……」

周小遠依然一動不動，而眼淚，卻從他的眼窩裏無聲地流了下來。

「我沒哭，你倒先哭了！」

不知怎的，肖傑看到周小遠的眼淚，心裏說不出是甚麼滋味，他狠狠地把周小遠一推，轉身跑了。

肖傑不知道自己是怎麼跑回家的。他難過得想哭。

以往，每當放風箏回來，他總把風箏端端正正地靠在堂屋的一角，可現在，堂屋裏空蕩蕩了。這是小鎮上第一流的風箏，這是夥伴中唯一帶鴿哨的風箏，這是下星期學校風箏比賽準備得冠軍的風箏，可現在沒有了，飛跑了！他突然成了一個沒有風箏的人……

肖傑跌坐在凳子上，渾身軟綿綿的，像散了架。

這時，門被推開了。肖傑的爸爸走了進來。他一踏進門，劈頭就問：

「小傑，你在外面幹了甚麼好事？」

一聽爸爸的聲音，肖傑就知道爸爸心裏有火；再看爸爸的臉色，像佈滿烏雲似的。他立即明白——自己丟失風箏的事，爸爸肯定知道了。這是爸爸利用下班時間一根竹一根篾精心紮起來的呀！爸爸還不止一次地叮囑他，要當心，別弄壞了，可現在……

「你厲害得很呢，怎麼變成啞巴啦？」爸爸說。

肖傑垂下眼瞼，怯怯地說：

「我，我把風箏弄丟了……」

「不問你這個！你對小遠耍了甚麼態度？」

「啊？」肖傑一愣，一時說不出話來，「我、我……」

「小小年紀倒學會了在外面抖威風！一隻風箏有甚麼了不起，還不是幾根篾幾張紙，飛掉就飛掉！你倒好，竟吵着要人家賠，好意思！人家小遠沒有爸爸，可你……唉！」

肖傑的爸爸說着說着，口氣又變軟了：

「小傑，我是走過鎮口，看到小遠在哭，又聽到其他孩子說了，才特地拐回家來找你的。不是爸爸對你發火，小孩子從小

要學會體諒人，誰都會有不小心的時候，小遠也可憐⋯⋯」

肖傑的爸爸又說了一陣，走了。

爸爸下面說了些甚麼，肖傑沒聽進去。他怔在那裏，一動也不動。

忽然，他聳動着肩膀，哭了，哭得很傷心。

是的，肖傑是很少流淚的。與其說他現在是為自己丟失風箏而痛苦，不如說他是為剛才對小遠的態度而哭泣。剛才，自己對小遠多兇啊，吼他，鬧他，要他賠，竟還揪住他的衣領！天啊，自己怎麼會幹出這種事來？記得，自己曾好幾次對夥伴們說過，小遠沒有爸爸，大夥應該待他好，讓他歡樂，像有爸爸一樣歡樂，可如今為了一隻風箏自己卻把甚麼都忘了。想想吧，小遠剛才那副嚇呆的樣子，還有他臉頰上的淚水⋯⋯

他現在一定比自己更難過，肯定的！有一次，自己不小心弄壞了張濤的船模，張濤倒沒說甚麼，自己不也難過得要命嗎？爸爸也說了，誰都會有不小心的時候，小遠不是有意的⋯⋯

哦，小遠！你還在哭嗎？快別哭了！我一點也不怪你了，真的，我只想請你原諒，我剛才對你不好，耍了脾氣⋯⋯

哦，小遠，你還在難過嗎？千萬別難過了！我不要你賠風箏了，不要！風箏根本算不了一回事，只要你快活，只要我們歡歡樂樂地在一起⋯⋯

肖傑噌地站了起來。他擦乾了淚水，朝門外跑去。他要去找小遠，把心裏的話告訴他，叫他別難過，別哭，請他原諒⋯⋯

肖傑拉開門，還沒跨出步，卻又呆住了——周小遠捧着一隻「蜻蜓鷂」，正站在門口。

「小遠⋯⋯」

周小遠的突然出現，竟使肖傑一時不知說甚麼好。

周小遠低着頭，看着自己的鞋尖，輕輕地說：

「小傑，我、我⋯⋯賠你風箏 ⋯⋯」

肖傑一驚：

「你哪來的風箏？」

「我，我用望遠鏡和張濤換的。」

啊？！周小遠這細聲細氣的一句話，不亞於一個響雷在肖傑的耳邊炸響。他感到一陣暈眩。他剛才想好的幾句請求原諒的話，不知飛到哪兒去了，他一開口，竟又像在草地上揪住小遠衣領時那樣吼叫起來：

「我不要你賠風箏！我不要你賠風箏！不要你賠——」

在夥伴們中間，誰不知道小遠這架望遠鏡的價值啊！這是他爸爸臨死前最後一次送給他的禮物。他想他爸爸，就捧起這望遠鏡；他看到這望遠鏡，就想起他的爸爸。他爸爸對他的愛，他對他爸爸的思念，都和這望遠鏡緊緊地連在一起。可現在，他為了一隻小小的風箏，卻把他最珍貴的東西換給了別人……不！不！他不能沒有望遠鏡！不能沒有望遠鏡！

肖傑痛苦地閉起了眼睛。

肖傑恨自己，剛才居然那麼兇地對待一個失去爸爸的孩子；他恨小遠，為甚麼那樣不理解他；他又恨張濤，怎麼能收下小遠的這架望遠鏡……

片刻，肖傑哽咽着說：

「小遠，我不要你賠風箏，真的不要你賠！你去把望遠鏡換回來！馬上換回來！」

周小遠看到肖傑眼淚汪汪的，慌忙說：

「不，不！你是好心讓我放風箏，可我卻⋯⋯我應該賠你，應該賠！你一定很難過，要是我丟了這麼好的風箏也會難過的。只是這『蜻蜓鷂』沒你的『蝴蝶鷂』好，也沒有鴿哨⋯⋯」

「你再這樣說，我要打你了！我說不要賠，就不要賠！走，我和你一塊兒到張濤那兒去，去把望遠鏡換回來！」

肖傑心裏的難過，現在已化成了怒火；而這怒火又集中到了張濤身上。要是張濤現在在他面前，他一定會毫不猶豫地給他兩拳！

說也巧，正在這時，張濤氣喘吁吁地跑來了。

好小子，來得正好！但還沒等肖傑迎上去鋪天蓋地把他一頓大罵，張濤卻先開口了：

「小遠，你怎麼跑得這麼快？跟你說我把風箏送給你，望遠鏡我不要，可你偏要留下……快，拿好！」

張濤說着，把望遠鏡掛到了小遠的脖子上。

肖傑的眼睛又一次濕潤了。唉，一個人為甚麼要流眼淚呢？眼淚，真是個討厭的東西。他垂下腦袋，兩手分別握住周小遠和張濤的胳膊，誰也不看，說了聲：

「走，我們一塊兒放風箏去！」

哦，天空是多麼遼闊，多麼蔚藍啊！瞧，風箏在天空中飄，飄得那樣無憂無慮，那樣悠然自得……

3. 晶瑩的雨

晶瑩的雨，又細又密，從灰濛濛的天空中飄落下來。雨落到河裏，河面上像騰起了迷迷濛濛的煙霧；雨落到田裏，田野像披上了輕薄柔軟的紗衣……

路路把整個身子裹在那件塑料雨衣裏，一步一滑地走在泥濘的田間小路上。雨滴在他身上發出輕微的「沙啦沙啦」的響聲，他睜大眼睛，透過這迷濛的雨霧，焦急地四處環顧着、尋覓着……

他能不着急、不焦躁嗎？

當春風吹醒小河、催開柳芽的時候，他那用棉花包着的在貼身口袋裏暖了一冬的一小張蠶子，也開始孵化了、破殼

了。他是怎樣精心地餵養着這些春蠶啊！可是，眼看着牠們平安地進入五齡期，過兩天就要「上山」吐絲了，卻沒有了桑葉！看着那些心愛的蠶寶寶餓得直伸脖子的情景，他難過得哭了。他不能不冒着這斜風細雨離開小鎮，來到這空曠靜寂的田野尋覓桑葉。

　　一路上，他失望極了。

　　偶爾看到的幾棵野桑樹，早被人採得光禿禿的了 —— 這裏是蠶鄉，哪個孩子不養着幾條蠶啊！大人們說，「上山」前的大蠶一天吃的桑葉，足夠讓一兩齡期的小蠶吃二十天。可不是，春蠶「上山」前的桑葉是多麼重要，現在沒有了桑葉，不就意味着，意味着……

　　路路默默地漫無目標地走着，他的心裏像刀剜似的難受。他腦子裏轉來轉去的是桑葉、桑葉，除了桑葉，他再也不能想別的甚麼了。

　　岸邊的垂柳在雨中沙沙地舞動，在他看來就像是一棵棵桑樹在向他招手……

雨水在河面上濺起的點點水珠，在他看來就像是千萬張桑葉在閃着綠光……

沿岸的垂柳都是桑樹，該多好！滿田的麥苗都是桑葉，該多好！

啊，桑葉！你躲在哪裏？躲在哪裏？

忽然——

他看到在另一條小路上，有一個裹着雨衣的小小的身影，正朝着前面不遠處的一片竹林，跌跌撞撞地奔去。看得出，那也是個孩子。只見他不時滑倒，但滑倒了爬起來又奔……

路路感到很奇怪，他不由得朝着竹林的方向望去。這一望，頓時使他大吃一驚：

啊！桑樹！

他簡直不相信這是真的，他使勁揉了揉眼睛：一點不錯，竹林邊確確實實有一棵桑樹！

像運動員在起跑線上聽到了發令槍，路路也拼命地奔跑了起來。

他們兩人，幾乎同時來到了這棵桑樹下。

其實，這棵樹上的桑葉也已不多了，可以伸手採到的地方都被採光了，只有樹頂上有幾簇桑葉在雨中晃動。但在這樣的時候，別說這些桑葉能採滿一書包，就是只有幾張也足夠使路路高興得跳起來了。

路路不由分說就準備爬樹。

「喂！這桑樹可是我先看見的呀！」那瘦小的孩子說話了，嗓音又清又亮。

路路這才回過頭來看了他的「同伴」一眼，呀，是個女孩子。只見她臉上蒸騰着熱氣，頭髮上、眼睫毛上掛滿了水珠，腳上、雨衣上沾滿了泥漿。她手裏拿着一根竹竿，竹竿的一端繫了把小摺刀 —— 顯然，她不會爬樹。

「是我先看見的！」路路急急地回了一句。

「明明是我先看見的嘛！」

「不，是我先看見的！」

不能再爭下去了，路路甚麼也顧不得了，他的蠶已經餓

了半天了，這些桑葉關係到他那一百多條蠶的生命！他不再理會那小女孩，躍上一步，「唰唰」地爬上了樹 —— 反正她不會爬樹，而他卻是爬樹的能手。

「你、你……」那小女孩氣得說不成一句話。她想跑上去把路路拉下來，但走到樹下又停住了；她想舉起竹竿搶着把桑葉摘下來，可剛把竹竿舉起又縮了回來。她愣愣地看着已上了樹的路路，一動不動。

路路一手攀住樹枝，一手飛快地採着桑葉，採滿一把就塞進掛在胸前的書包裏。

「沙沙」的雨聲，是那麼悅耳，彷彿是蠶兒食桑的聲音，不，分明是春蠶在吐絲的聲音。路路興奮得臉頰都紅了。

當他激動地採完最後一張桑葉，隨意地朝下看了一眼時，他的手頓住了！

那小女孩仍然站在樹下，呆呆地望着他。這是怎樣的一種目光啊 —— 眼裏噙着淚水，充滿了憂傷和悲哀。她抿緊着嘴，努力不使自己哭出來。

他們對視了好久。終於，那小女孩慢慢地轉過身，懷着絕望的痛苦，拖着疲憊的步子，默默地走了。

路路的心一陣緊縮。他木雕似的僵在那裏，默默地看她低着頭，弓着腰，蹣跚地走着。哦，她是那樣的嬌小，那樣的瘦弱，她還是個女孩子。剛才，她發現了桑樹是怎樣的欣喜和歡悅，她奔跑着，跌倒了爬起來，爬起來又跌倒；剛才，她又是怎樣失望和悲傷，那痴呆呆的神情，那充滿淚水的眼睛⋯⋯她的希望好像全部寄託在這點桑葉上，她的蠶也一定餓得很厲害，要不，一個女孩子，怎麼會冒着雨，一個人孤單單地來到這曠野？而他 —— 一個「男子漢」，卻仗着自己會爬樹，把她已快得到的希望奪走了。

路路的喉嚨裏像哽住了甚麼東西，他好不容易把它嚥下去，卻又覺得心裏酸溜溜的。她在雨中走着，走得那麼艱難，小心翼翼地，努力不讓自己滑倒。他簡直感覺到了她不勻的急促的喘息，那雨水一定順着她的額髮，流到她的臉上，又流到她的頸脖裏；他好像聽到她在低低地抽泣，她一定想忍住，但

晶瑩的淚水還是從她的眼眶裏撲簌簌地滾落下來……

他羞愧了。

路路飛快地從樹上溜下來，一邊朝那小女孩追去，一邊高喊着：

「等一等！」

那小女孩站住了。她回過身來，靜靜地略帶詫異地看着朝她跑來的路路。

「請等一等，」路路跑到她面前，捧着裝滿桑葉的書包，急不可待地說，「這些桑葉應該歸你，全部歸你！」

那小女孩茫然地望着他：

「怎麼？」

「是你先看到桑樹的，真的，是你先看到！桑葉應該歸你！」

「你怎麼一會兒又……」那小女孩想說甚麼卻沒說下去。她馬上轉換了一種極其溫和的口氣，說：「不用了。謝謝你！」

「不！你一定得收下！我對不起你！」路路真心誠意地說。

那小女孩笑了。她原來長得那樣美：長長的眼睫毛下一雙水汪汪的大眼睛，濕濕的劉海貼在額邊，兩個酒窩時隱時現，顯得甜甜的。她笑着說：

「謝謝你，桑葉我真的不要，你快拿回家去吧！也許我馬上也會採到不少桑葉的。」她深情地看了路路一眼，又說，「你真好……」

說完，她又甜甜地一笑，轉過身去，走了。從那堅定的步子，看出她不會再有回過頭來的意思了。

路路捧着那一包桑葉，怔怔地站在那裏。一股熱流，慢慢地注入了他的心田，繼而，又湧上了他的眼窩……

雨，像千萬根蠶絲，又細又密，從灰濛濛的天上飄落下來，落到綠樹上，落到小河裏，落到田野中……整個世界，都被裹在了這晶瑩的温柔的春雨裏。

4. 靜靜的月夜

雖然我已是個年近三十的人了，但我對兒時的這段往事始終保持着美好的記憶；對我兒時的那顆「童心」深深地、深深地懷念着⋯⋯

月亮升起來了。小鎮像披上了一件乳白色的晚禮服，輕輕地走進它那安寧、靜謐的夢鄉。

我躺在牀上，默默地看着窗外樹梢上的月亮出神。那月兒又圓又亮，透着股神祕勁兒，像一隻銀盤。它離我多近啊，彷彿我只要走出門，爬上樹梢就能把它摘下來似的。當

然，我不會再幹那種蠢事了——記得我四歲的時候，總以為我只要拿一根粘知了的竹竿就能把月亮戳個窟窿，或者在竹竿上扎個鈎子就可以把它鈎下來。好幾次我執拗地拿着竹竿跑到高高的環龍橋上以為夠得着了，可是一上橋那月亮突然躲到前面的樹後，調皮地銜起了樹梢；我再跑到那樹下，月亮又縮到很遠的天幕上，像在默默地取笑我……多傻！直到現在我讀小學二年級了，才知道月亮離我們老遠老遠，就是一個跟斗能翻十萬八千里的孫悟空，一連翻上幾千個跟斗也還夠不着它呢！

媽媽在燈下納鞋底，「嘶嘶、嘶嘶」的抽線聲顯得很有節奏。正當我在這柔和的抽線聲中，迷迷濛濛地快要睡着的時候，門「吱呀」一聲響——爸爸回來了。

抽線聲停住了，媽輕聲問：

「碰到阿奎叔了？」

「碰到了。他說好明天一早就來。」

閂門聲傳來。爸說：「我們明天也得早點起來，先燒好開水。」

<ruby>噓<rt>Xū</rt></ruby>，<ruby>輕<rt>qīng</rt></ruby><ruby>聲<rt>shēng</rt></ruby><ruby>點<rt>diǎn</rt></ruby>！<ruby>平平<rt>Píng píng</rt></ruby><ruby>剛<rt>gāng</rt></ruby><ruby>睡<rt>shuì</rt></ruby><ruby>着<rt>zháo</rt></ruby>，<ruby>當心<rt>dāng xīn</rt></ruby><ruby>給<rt>gěi</rt></ruby><ruby>他<rt>tā</rt></ruby><ruby>聽見<rt>tīng jiàn</rt></ruby>。」<ruby>抽線<rt>Chōu xiàn</rt></ruby><ruby>聲<rt>shēng</rt></ruby><ruby>又<rt>yòu</rt></ruby>

「噓，輕聲點！平平剛睡着，當心給他聽見。」抽線聲又<ruby>響起來了<rt>xiǎng qǐ lái le</rt></ruby>。<ruby>媽<rt>Mā</rt></ruby><ruby>問<rt>wèn</rt></ruby>：「<ruby>市場<rt>Shì chǎng</rt></ruby><ruby>上<rt>shang</rt></ruby><ruby>羊肉<rt>yáng ròu</rt></ruby><ruby>好賣<rt>hǎo mài</rt></ruby><ruby>嗎<rt>ma</rt></ruby>？」

響起來了。媽問：「市場上羊肉好賣嗎？」

「<ruby>快近<rt>Kuài jìn</rt></ruby><ruby>元旦了<rt>yuán dàn le</rt></ruby>，<ruby>好賣<rt>hǎo mài</rt></ruby>！」「<ruby>唰<rt>Shuā</rt></ruby>！」<ruby>劃火柴的聲音<rt>Huá huǒ chái de shēng yīn</rt></ruby>，<ruby>很快<rt>hěn kuài</rt></ruby>，<ruby>屋<rt>wū</rt></ruby>

「快近元旦了，好賣！」「唰！」劃火柴的聲音，很快，屋<ruby>裏<rt>lǐ</rt></ruby><ruby>彌漫<rt>mí màn</rt></ruby><ruby>起<rt>qǐ</rt></ruby><ruby>一股<rt>yī gǔ</rt></ruby><ruby>煙味<rt>yān wèi</rt></ruby>——<ruby>爸爸<rt>bà ba</rt></ruby><ruby>抽起<rt>chōu qǐ</rt></ruby><ruby>了<rt>le</rt></ruby><ruby>煙<rt>yān</rt></ruby>。

裏彌漫起一股煙味——爸爸抽起了煙。

我差點兒從牀上蹦起來！阿奎叔……燒好開水……賣羊肉……當心給我聽見……難道他們又要殺「雪球」了嗎？那個阿奎叔不就是鎮頭肉莊上殺豬宰羊的大鬍子嗎？我悄悄地睜開了眼。

只見媽媽咬掉一根線頭，又抽出一根新線，湊着燈頭一邊穿針眼一邊說：

「這羊是平平養的，賣來的錢也得花在平平身上，給他添件新衣服，開春交學費，另外還得留一點羊肉讓他嚐個鮮。唉，這孩子明天一早看見羊不在了不知會哭成甚麼樣子，但羊老了總該殺的呀！」

爸爸默默地抽着煙，沒作聲。

明天，他們真的要殺「雪球」了 —— 我可憐的「雪球」！我想跳起來對他們哭鬧一頓，可是我沒有這樣做，只是痛苦地閉上了眼睛。在我的眼前只有像「雪球」那樣潔白的山羊的影子，在我的耳邊只有那「咩、咩咩」親切的羊叫聲……

記得那是初春的一個夜晚，月亮從雲層裏鑽出來了，照在

水上，使鎮邊的小河發出柔和而朦朧的閃光。我和鄰居的幾個孩子在起勁地玩捉迷藏。我躲呀躲，漸漸地走出小鎮，躲到了這條小河邊的一棵槐樹後。突然，我聽到不遠處傳來幾聲斷斷續續的、輕微的「咩咩咩」，是甚麼聲音？我好奇地循聲而去。月光下，只見河邊的草灘上有一團東西在蠕動，走近一看，呀，一隻小羊羔！我忍不住抱起牠。這羊瘦瘦的，簌簌地在發抖，連站都站不穩，那「咩咩」的叫聲簡直微弱得像快嚥氣了，多可憐！牠是在叫牠的媽媽呀！是牠媽媽狠心丟下了牠，還是牠不小心跟牠媽媽失散了？

「平平，不許動！」玩捉迷藏的夥伴「逮」住了我。

我理也沒理他們，只顧自己用手輕輕地撫摸着小羊羔稀疏的、濕黏黏的絨毛。

他們見我手裏捧着的羊羔，也圍了上來：

「呀，小山羊！這肯定是人家丟掉的！」

「是呀，都快死了，養不活的！」

「平平，快扔掉牠，該輪到你找我們了。」

我狠狠地瞪了他們一眼，說：

「你們真狠心！這是一隻沒有媽媽的羊羔呀，多可憐！我要救活牠，把牠養起來！」

我一點玩「捉迷藏」的心思也沒有了，小心翼翼地把牠抱回了家。

爸爸見了，竟也說這羊是活不成了，還說是人家為了不讓母羊看見自己的羊羔死掉引起傷心，才把牠丟到路邊的。我聽了很生氣，你們為甚麼一點不可憐牠，偏要說這種喪氣話呢！還是媽媽好，她支持我。我怕這小羊羔晚上冷，找來了一隻竹筐，鋪了乾草，讓牠睡在裏面；我讓媽煮了一碗米湯，我還悄悄地加了點糖，用小調羹一點一點餵牠。媽說，她見我這副樣子就想起我小時候她給我餵米漿的情景。是嘛，我現在也是媽媽了，是小羊羔的媽媽！

起先，這小羊羔緊閉着嘴巴，甚麼也不想吃，我只得用手輕輕掰開牠的嘴把米湯往裏灌，漸漸地，牠大概感到了甜味，也願意吃了，還咂起嘴。我開始精心憐愛地餵養起這隻小

羊羔了。頭幾天我真沒睡好覺，一晚上要起來好幾次，看牠冷不冷，餓不餓。我把媽媽給我吃的雞蛋省下來調在米湯裏讓牠吃，有時還磨豆漿，聽說這能代替羊奶，營養好哩。果然，沒幾天，這可憐的小羊羔變得有活力了，能站起來了，「咩咩」的叫聲也響亮多了。

啊，多麼惹人喜愛的小羊！

慢慢地，牠長壯實了，柔軟的絨毛也豐滿了，牠全身又白又光滑，遠遠看去就像一團「雪球」——我想到牠也應該有個名字，就給牠取名「雪球」。

我每天放學回家總帶牠走出小鎮，到河邊的草灘去吃草；牠見了我總是「咩咩」地親熱地叫喚着。一路上，我跑得快牠也跑得快；我停下來，牠便撲上來在我的身邊蹦來跳去地撒着歡，有時還把牠的腦袋鑽進我的胯下親暱地扭來蹭去。

一次，我回到家，書包也來不及放就牽着牠到河邊去吃草了。看牠吃得肚子圓鼓鼓的，天也快黑下來了，我就帶牠回家去。可牠站在那裏「咩咩」地叫着不動，我走了幾步並連聲喚着「雪球」，牠還是不動。我奇怪地跑上去一看，呀，原來我的書包放在草地上忘了拿，牠是在提醒我拿書包吶！

多懂事的「雪球」，簡直像一條小狗！

「雪球」越「滾」越大了，牠壯實得差不多可以讓我騎了。滑稽的是，牠腦袋的兩側還生出了彎角，下巴上長出了

鬍鬚，真有趣！

一次，一個偶然的遭遇，使我對牠更喜愛了。這是個星期天，我啃着爸爸給我買來的肉包子，帶着「雪球」去吃草。誰知，剛走出小鎮不遠，迎面碰上了一條陌生的狗，牠大概聞到了肉香，竟站在我的面前，眼睛緊緊地盯着我手裏的包子不動。我從小就怕狗，這狗又高又大，樣子很兇猛，我嚇慌了，連忙把包子舉過頭頂，呆呆地和牠對峙着。這狗見我不動，又得寸進尺地跑近我，一副準備躥上來叼我手裏包子的神情，我急得「哇」地哭了起來，並慌忙把包子扔到了河裏。

這時，我的「雪球」跑了上來，牠低着頭用牠的角去抵狗，我真擔心牠們會打起來，因為我知道「雪球」是無論如何打不過那條兇狗的，牠會吃虧的。可不知怎的，那狗對「雪球」的「進攻」毫不介意，只是掃興地朝河裏望了望，便從我身邊穿過，又踏着碎步跑遠了。儘管牠們沒鬥成功，「雪球」也沒因為救我而受傷，但我還是感激得眼淚都快流出來了 —— 我救了牠，牠這樣做是為了「報恩」呀！

哦，可愛的「雪球」真有一副善良的心腸！

從此，我待「雪球」更好了，對牠的感情也更深了……

月光爬在窗櫺上，悄悄地朝屋裏張望。爸爸媽媽已經睡了，可我還在牀上翻過來翻過去。

唉，怎麼辦？明天一早，那個大鬍子就要來殺「雪球」了！為甚麼羊老了一定要殺掉呢？如果一定要給「雪球」安排這樣的下場，我當初救牠還有甚麼意思呢？不，不，我一定要救牠！再一次救牠！記得前一陣爸爸要殺「雪球」，是我哭着阻止了，可現在他們瞞着我又要動這個腦筋了，他們好狠心啊！還說甚麼把賣來的錢花在我身上，我不要穿新衣服！我一分錢也不要！我只要「雪球」活着，永遠活着！

天啊，怎麼辦？怎麼辦？

明天早點起來，再像上次那樣哭着攔住他們？噢，不行！即使當時給我攔住了，說不定哪一天乘我不在的時候他們又會殺的。把牠藏起來？也不行，藏到哪裏去呢？牠是一隻羊呀，又不是一粒玻璃彈子……想呀想，我的頭都快想暈了，還

是想不出個辦法來。忽然，在我許多混亂的想法中鑽出了一個極簡單的念頭，它像冷風一樣吹醒了我的頭腦 ——

對，放走牠！放走牠！

「雪球」本來是在野地裏撿來的，現在牠長大了，仍然放牠到野地裏去，讓牠跑到老遠老遠的地方去吧，誰也找不到牠，這樣，牠就不會死了 —— 只要「雪球」不死，甚麼都行！

我下定了決心。我悄悄地從牀上下來，穿好衣服，又躡手躡腳地走過媽媽的房間，來到了隔壁的雜物間 —— 臨時的羊圈。「雪球」聽見響動，站了起來。牠見是我，又親熱地跑上來拱我，扯我的衣角，吻我的手；牠又昂起頭來看着我，好像對我深夜拜訪感到很好奇，牠那熟悉的鼻息不時噴到我的臉上，暖暖的，癢癢的。我心裏酸得忍不住，眼淚唰唰地流了下來。我在心裏對牠說：「『雪球』，我的好朋友！我們要分離了，不是我平平狠心丟開你，我是為了你能活着……」「雪球」好像也開始預感到將有甚麼不幸的事情發生，走出羊圈後牠「咩咩」地不安地叫着，一步不離地跟着我。

深秋的夜多麼靜啊！大地睡着了，世界睡着了，唯有那不知疲倦的紡織娘、蟋蟀在奏着單調的涼夜小曲……

深秋的月兒多麼亮啊！它像一盞長明燈懸掛中天，照亮了小鎮的石板路，照亮了小河，照亮了曠野……

踏着銀色的月光，我和「雪球」走出小鎮，來到了田野。

哦，「雪球」！你要到老遠老遠的地方去了，你再看看這小河邊的草灘吧，這裏是我們第一次見面的地方；在這兒，我曾帶你來吃過多少回草啊；你每天晚上吃到的最鮮嫩的草，我也是在這裏割的 —— 你可別忘了！

哦，「雪球」！你再看看這小竹林，你還記得那天突然下雨，我和你都淋濕了，我們就躲到了這裏，你冷得發抖，「咩咩」地叫得好傷心，我也為你難過得哭了，後來我把我的毛衣脫下來，披在你的身上 —— 你可別忘了！

哦，「雪球」！你再看看這打穀場，有一天，我和你走過這裏，忽然這村裏的一個孩子向你扔了一塊泥巴，我為你和他狠狠地打了一架，我的臂肘摔破了皮，可我顧不得擦去沁出來的

血跡，在你被泥巴打中的地方揉了好半天 —— 你可別忘了！

哦，「雪球」！你到別的地方，可別忘了我，別忘了這裏，別忘了一切……

走過一條條田坎，越過幾座小橋，繞過一道河灣……

啊，這裏是該分手的地方了！

我的眼淚又湧了出來，我俯下身，輕輕地撫摸着「雪球」的脊背，把我的臉貼在牠的臉上。「雪球」，我不遠送你了，你該自己上路了，我也該回去了；「雪球」，你一路上多加小心，渴了，喝一點清水，餓了，吃幾口青草，我不能再餵養你了；「雪球」，你走吧！我會想你的，你也要想我，要不是你不認識字，我們還可以通信哩。你走吧，走吧……

再見了，我的朋友！

再見了，我親愛的「雪球」！

我心裏像刀割似的難受，聽憑淚水嘩嘩地流下來。我一咬牙，轉過身跑了起來……

「咩，咩咩……」戀戀不捨的叫聲！

「咩，咩咩……」揪心斷腸的叫聲！

我停住了！我再也經受不住這靜夜裏淒慘的叫聲，我猛地回過身，張開雙臂朝迎面追來的「雪球」撲了上去。我緊緊地摟着牠的脖子，又一次和牠臉貼着臉，我心裏呼喚着「雪球」，放聲大哭起來，止不住的淚水淌到牠的臉上，濕乎乎的一片。我感到「雪球」渾身也在顫抖，喉嚨裏咯咯地哽咽着。

啊！牠是在痛苦而焦急地敍說我們的友情，還是在悲傷地哀求我不要和牠分離……

「雪球」，我可憐的「雪球」！

「『雪球』，我知道你心裏難過，我也難過啊！我知道你捨不得離開我，我也捨不得離開你呀！上次我把你抱回家是為了救你，現在我放走你也是為了救你！你千萬別恨我，千萬、千萬……」

夜，是這樣靜！

月，是這樣明！

許久，許久，我這樣摟着牠，這樣哽咽着喃喃地對牠說了

許多許多……

　　終於，我放開了牠，拼命地往回跑！「雪球」依然「咩咩」地叫着跟着我。但我沒有勇氣再停下一步，沒有勇氣再回頭看牠一眼……終於，在我越過一座小竹橋以後，牠和我永遠分別了！

　　雖然我失去了「雪球」，但我相信牠依舊活着，因為牠「咩咩」的親切的叫聲，一直在我耳邊迴響……

5. 告別 · 送行

朦朧的月光，靜靜地瀉在這不大的校園裏。

一座座校舍像籠上了淡淡的霧，如縷如煙，幽幽浮動；一株株綠樹像罩上了夢一般的紗，微風拂過，輕輕顫悠。

整個盲童學校，躺在這溫柔而迷濛的月光下，睡得這麼甜、這麼熟。

月光透過窗櫺，在一間女生宿舍的地板上投下了棋盤似的圖案。屋子裏響着輕微的鼾聲。

隨着一聲輕輕的「吱呀」聲，一個瘦小的身影走了進去。她沒有開燈，沒有說話，她走得很輕很輕，甚至屏住了自己的呼吸。她在這張牀前為熟睡的孩子掖一下被子，又在另

一張牀前把滑向一邊的衣服重新蓋好，她的動作也是那麼輕柔、那麼溫存……

她是個音樂老師，在這所學校已經生活了三十年了。多少個這樣的夜晚，她總是來到學生宿舍，為孩子們掖被，讓孩子們安睡。可今天，卻是她最後的一個夜晚了。

她老了，年逾花甲，她要退休了，她明天一早將離開這所熟悉的學校，離開這些可愛的孩子，到遙遠的故鄉安度晚年去了。

這是最後一個夜晚，最後一個夜晚了……

她多麼想親一親這些沉浸在夢鄉裏的孩子啊，多麼想最後一次撫摸他們稚嫩的臉蛋！可她又怕驚醒了他們。

她的心裏有多少告別的話要對自己的學生說啊，有多少囑咐要對自己的學生傾吐！她的眼睛裏，有淚光在閃動……

窗下那張牀上的孩子，突然重重地翻了個身，又一蹬腿，被子被蹬掉了。她輕輕地走了過去：

小貝貝，我走了。你晚上睡覺要安穩些，不要老把被子蹬掉。你的歌唱得那麼好，還是學校宣傳隊的報幕員，可你

又是那麼容易感冒，那樣會影響你的嗓音的。這是家鄉給我寄來的「胖大海」，你留着，嗓子疼了就用它泡茶喝。貝貝，平時你也不要太魯莽，走路儘量慢些，雖然校園的樹幹上都用海綿包着，但撞着還是很疼的。上次你的額角在牆上撞出了個大包，你很痛苦，我心裏也難受。聽見了嗎，小貝貝？以後要當心……

貝貝對面牀上的女孩，不知夢囈了些甚麼，片刻，又平靜了。她轉過身，深情地凝視着女孩：

哦，阿茜！你在睡夢中想到了甚麼？是你的揉弦，還是你的快弓？是的，你的二胡已經拉得很不錯了，只要你在揉弦和快弓上再狠下功夫，就能達到獨奏水平了。我知道，你是個要強好勝的孩子，但還要有耐心和毅力。阿茜，我走了，以後每天早晨的練功課由新來的音樂老師給你上了，這幾天我和他擬好了你以後的訓練計劃，我還給你留下了兩盤「瞎子阿炳」二胡獨奏的錄音磁帶，好好練吧，孩子！我在遙遠的故鄉時刻等待着你進步的佳音……

屋子裏突然暗了下來，是月亮鑽進了雲層。很快，屋子重被照亮，一縷月光正瀉在一張很秀氣的鵝蛋臉上。她忽然發現，這孩子凹陷的眼窩裏盈着兩顆淚珠。她的心一顫：

曉露，我走了。但我最不放心的還是你啊！這幾天你為甚麼又憂鬱起來、沉默起來了呢？你沒有父母，是個孤兒，自己又雙目失明，我理解你內心的痛苦，理解你為甚麼以前總一個人呆呆地默然無言。但你到了這所學校，到底還是快活起來、振奮起來了呀！當你聽我講了海倫·凱勒之後，你不也向我表示要好好學習、好好生活嗎？你不是那麼認真地學起按摩，還充滿信心地要我教你揚琴嗎？當中秋月圓，同學們歡天喜地地跟着自己的親人回家團聚的時候，你雖然在我懷裏痛哭過，但你不是和我一起快活地在月下嚐了月餅，還興致勃勃地唱起歌、彈起琴了嗎？聽到你的歌唱，聽到你的琴聲，聽到你的歡笑，你不知道我心裏有多高興。孩子，這幾天你怎麼了？在睡夢中為何又哭了？是因為知道我要走了麼？生活在我們這個時代，孩子，你是幸福的。同學和老師都會像對

待自己的親姐妹一樣對你好的。你要堅強起來,振作起來,你太柔弱了。我送給你的盲文版的《鋼鐵是怎樣煉成的》你要好好讀,保爾·柯察金會給你力量的。我也常常會給你寫信的⋯⋯

別了,親愛的孩子!

別了,可愛的學生!

這些年我們朝夕相處,我真捨不得離開你們,我知道你們也捨不得離開我。但人總是有分別的時候。校長明天準備為我開歡送會,為我送行,但我謝絕了。我只能明天一早悄悄地走,只能和你們不告而別,我知道,告別的時候我和你們都會受不住的⋯⋯

她默默地從這張牀前走到另一張牀前;默默地在這個孩子面前端詳片刻,又在另一個孩子面前佇立許久⋯⋯

當她慢慢走到門口,倚在門框上,回過頭戀戀不捨地向這些熟睡的孩子投去最後一瞥時,兩行眼淚從她的眼眶裏溢了出來⋯⋯

親愛的孩子，別了！別了！

月亮西沉了。晨霧代替了月光。

沉睡的一切，在雞啼聲中慢慢甦醒了。

這一晚，她幾乎沒睡着。當窗戶上微微泛白，她就起牀了。她的行李昨天已托運，隨身只帶一隻小包。她稍稍梳洗了一下，就打算走了，這樣悄悄地走了。

她的心裏有一種說不出的惆悵的感覺。

但，當她推開門，剛跨出步，卻突然驚呆了！

在她宿舍前的一塊小平地上，竟密密匝匝、無聲無息地站着五六十個盲童——幾乎全校的學生都來了！

他們是甚麼時候來的？看，他們的衣服都被晨霧打濕了，他們的頭髮上、眼睫毛上都鑲起了露珠。

他們怎麼知道自己今天一早就要走的？是自己昨天托運行李，昨天的夜訪，還是自己其他言行舉止所透露的蛛絲馬跡，使他們猜到了自己將不告而別的祕密？是的，他們雖然看不見，可他們的嗅覺、聽覺、觸覺卻是那麼靈敏，你身上的氣

息，你再輕的步履，你哪怕一聲微微的歎息，他們都知道你是誰，你的心情怎樣。孩子是瞞不住的，更何況他們時時在關注着自己的行期。

她呆呆地站在門口，不知怎麼是好，她被眼前的場景深深地感動了。她用顫抖的幾乎不是自己的聲音，輕輕地呼喊着：

「我的孩子……」

老師的聲音，使場地上的孩子中出現了小小的騷動。頃刻，又平靜了，靜得只聽得見各自的呼吸。一個女孩站了出來，她就是貝貝。她朝老師走近幾步，充滿感情地說：

「親愛的老師，您為甚麼要這樣悄悄地走呢？為甚麼不讓我們給您送行呢？多少年來，多少個寒暑假，您一次又一次地攙扶着我們，為我們送行，您難道就不能讓我們送您這一次嗎？老師，您為甚麼要悄悄地走呢？您不知道，我們的心裏有多難過，我們是多麼捨不得離開您……」

貝貝說着說着，要哭了，但她還是忍住了。她舒了口氣，繼續說道：

「老師，您是教我們音樂的，您給我們的生活帶來了歌聲，帶來了歡樂，您手把手地教會了我們拉二胡、吹笛子、彈琵琶、打揚琴……今天，我們向您作最後一次匯報演出，也是為您送行。老師，您得像以前上課一樣，給我們指點，給我們教導……」

站在前面的幾個孩子閃開了，場地中間竟奇跡般的出現了一支樂隊。貝貝的話就像報幕員的開場白，她的話音剛落，笛子、琵琶、二胡、揚琴等樂器就一起奏起來了。

這是一場多麼奇特的演奏，演員是全校的學生，觀眾卻只是她一個。

這是些多有心計的孩子！自己悄悄地與他們告別，他們卻早在悄悄地為自己送行而作準備了。

她的眼睛濕潤了，她恨不能使自己的手臂變得很長很長，把所有的孩子統統擁抱在自己的懷裏！

是的，孩子們從來沒有演奏得這麼深情，這麼認真。與其說他們是在演奏，不如說他們是在歌唱自己的老師，是在傾吐

對老師的深情厚誼。在這些孩子中間，誰的心裏沒有一段老師怎樣關懷自己的故事啊！

吹竹笛的是個男孩。他把樂曲的前奏吹奏得輕快委婉，像清風吹動着竹林，像幽澗流淌的泉水⋯⋯

親愛的老師，我永遠不會忘記您對我的教誨。以前我是多麼不懂事啊，我很調皮，還幹過一件荒唐事，竟不聲不響地吃掉了同學的蛋糕。事後，我也很後悔，我是因為羞愧才逃離學校的。對我的出走，您是多麼着急啊！您四處奔走，腿都跑腫了，您是那麼焦急地呼喚着我的名字。當您發現我蜷縮在偏僻的城牆腳下睡着的時候，您脫下您的外衣包着我，用您那瘦小的身子把我背回您的寢室，您讓我安睡，自己卻在凳子上坐了整整一夜。當我醒來後，您沉默了許久，只是用手撫摸着我的肩頭，我雖然看不見，但我感覺出您的手在顫抖。您甚麼也沒責怪我，只是說：「孩子，你不要再難過了，蛋糕我已買了替你還給人家了。我只希望你等會兒去上課，一定得去！聽見嗎？看不見你我會痛心的。」臨走，您還給了我一包餅乾。

我真的去上課了，同學們還是待我那麼好，誰也沒說我……

親愛的老師，您還記得那次春遊嗎？您帶我們在玄武湖上泛舟，您告訴我們湖水是碧清的，天空是蔚藍的；您帶我們到中山陵去漫遊，告訴我們松林是蒼翠的，鮮花是絢爛的。我們雖然雙目失明，但您使我們像明眼人一樣享受到大自然瑰麗的恩賜，感受到太陽溫暖的照耀。您還說，大自然是那麼美，我們也應該做一個美好的人。親愛的老師，您放心地走吧，我一定好好學習，好好吹笛子，好好做一個正直的人……

打揚琴的是曉露，她坐在樂隊正中，她把自己的全部感情都傾注在這兩根細細的槌鍵上。她時而敲打，如百鳥在啼囀；時而爬音，如珍珠滾玉盤……

是的，我是個孤兒。可是，親愛的老師，自從我來到了您的身邊，我不再孤單，不再悲傷了，您像一個慈祥的母親對待自己的親生女兒一樣對待我。我不會忘記，這些年來，您多少次為我梳妝，您給我變換了許多好看的髮辮；我的每一件新衣都是您為我扯的，那顏色那花樣一定很美很美，走在

路上人們不都嘖嘖稱讚麼，這些我都聽見和感覺出來了；每次節假日，我都是和您一起度過的，好幾次我是在您溫熱的懷抱裏進入夢鄉的；我有苦惱就向您傾吐，我有心事就向您敍述……親愛的老師，這一輩子您沒結過婚，沒有孩子，您把您的全部溫情、全部仁愛都獻給了我們。我們就是您的孩子，我就是您的女兒。多少次我想喊您「媽媽」，今天，在您臨走之前讓我稱呼您一聲「媽媽」吧 —— 媽媽！

親愛的媽媽，您放心地走吧，雖然我會銘心刻骨地想念您，雖然會哭，但我會振作起來的。您太辛苦了，太疲勞了，您為我們幾乎耗盡了心血，您該好好地休息了。您已經用您的音樂在我們的心中灑下了溫柔的光，它會照亮我們前行的路；您已經用您的音樂在我們的心田裏播下了理想的種子，它會開花結果的。媽媽，您走了，雖然直到現在做女兒的還沒看到過自己母親的容貌，但我們都知道您一定很美很美，您是美的象徵，您是美的化身……

傾聽着這熟悉的樂曲，這樂曲是她一個音符一個音符親手

教的；傾聽着孩子們的心聲，只有她才能理解孩子們這無聲的言語 —— 她的心弦被震顫了。作為一個盲童教師，沒有比此時此刻更幸福、更歡樂、更欣慰的了。

她哭了。她是帶着微笑在哭⋯⋯

一曲剛止，整個場地上的孩子又一起唱起了歌。這動情的歌聲，在清晨的校園裏久久迴響：

雖然我們雙目失明，

但並不寂寞並不悲傷。

課堂裏，蕩漾着我們的笑聲，

校園裏，響徹了我們的歌唱。

老師給我們智慧給我們力量，

老師給我們温暖給我們善良。

啊！我們的心 ——

被明媚的陽光照亮！

⋯⋯

送行的隊伍在歌聲中出發了。孩子們拉着老師，老師挽着孩子，看不出究竟誰在送誰⋯⋯

這時，朝陽升起來了，霞光普照大地，也給這支不小的送行隊伍鍍上了一層燦爛的金輝⋯⋯

6. 第一次出門

我的家坐落在小鎮的市河邊，前門臨街，後門依水。像許多人家一樣，我家屋後有一個衝出河面一米多寬的「後水閣」，在上面可以淘米洗菜、拎水洗衣。

市河不寬，卻清得出奇。

清晨，河面上升騰起淡淡的霧靄，我愛坐在「後水閣」上看書、背課文；傍晚，落霞緋紅，我愛看着粼粼水波和活潑爭食的游魚，滿世界亂想；入夜，那潺潺的流水聲和偶爾過往船隻的「呀呀」櫓槳聲，又像一支委婉動聽的小夜曲，催我進入夢鄉⋯⋯

這小河，記下我的往事，載着我的幻想，伴着我的童年，悠悠遠去。

每當我回到故鄉，我常常在這「後水閣」上佇立很久，這小河的流水也總是沖開我記憶的閘門⋯⋯

「唰！唰！唰⋯⋯唰！唰！唰⋯⋯」這是媽媽在「後水閣」上用板刷洗手的聲音。

Wǒ mā ma yuán zài yì suǒ xué xiào dāng gōng yǒu　　Suí zhe xǔ duō lǎo shī xià fàng nóng cūn
我媽媽原在一所學校當工友。隨着許多老師下放農村，

tā bèi　　jīng jiǎn　　dào xiǎo zhèn de méi qiú chǎng dāng lín shí gōng　Chǎng li　de fēng wō méi dōu shì shǒu
她被「精簡」到小鎮的煤球廠當臨時工。廠裏的蜂窩煤都是手

gōng zuò de　　yì tiān de huó gàn xià lai　　　shǒu xīn shǒu bèi de zhòu wén li dōu qiàn mǎn le hēi hēi de
工做的，一天的活幹下來，手心手背的皺紋裏都嵌滿了黑黑的

méi xiè　　xǐ shǒu děi yòng bǎn shuā cái xíng
煤屑，洗手得用板刷才行。

Nà nián wǒ gāng dú chū yī
那年我剛讀初一。

Zhè tiān　　wǒ fàng xué huí jiā　　yòu kàn jiàn mā ma pí bèi de zuò zài　　Hòu shuǐ Gé
這天，我放學回家，又看見媽媽疲憊地坐在「後水閣」

上，在「唰唰」地洗手。我懷着忐忑不安的心情走上去，輕輕地叫了聲：

「媽媽。」

「阿平，你回來了？」媽媽說。

「嗯……」我想說甚麼，卻不敢開口，只是站在一邊，默默地為媽媽提了桶水。憋了好久，我才說：「媽，過兩天我要到縣城裏去參加乒乓比賽……」我雖讀初一，但在學校初中部的乒乓賽中卻得了冠軍。

「阿平，你不是已經告訴過媽了嗎？」媽媽看我欲言又止的樣子，又溫和地說，「你好像還有甚麼事要對我說。」

「媽，我……」不知怎的，我的臉紅了。支吾了半天，我用輕微的聲音怯怯地說：「媽，同學們去參加比賽都有白球鞋，我，我也想買一雙。」說完，我垂下頭，避開了媽媽的眼光。

沉默。只有媽媽「唰唰唰」的洗手聲。

我知道這幾年家裏的開支比較緊。爸爸工資不高；媽媽不

是正式工人，身體又不大好；我們姐弟三人又都在讀書；還要撫養老人。可是，穿着白球鞋去參加比賽，是我渴望已久的事情，而且，參加比賽的同學中只有我一個人沒有白球鞋……

過了一會兒，媽媽輕聲柔氣地說：

「一雙白球鞋要好幾元錢吧？阿平，你別急，等爸爸回來，我和他想想辦法。」

這天晚上，我做完功課，就睡下了。

媽媽在燈下扎鞋底。媽是個勤快、省儉而又要面子的人。我們姐弟三人很少穿新衣服，但衣服再舊，媽總給我們洗得乾乾淨淨，補得平平整整。我唯一的一件毛衣，也是媽用多種舊毛線拼織而成的。我們全家穿的鞋從來不到商店去買，都是媽一針一線縫製起來的。有時鞋底扎得猛，她的手都扎腫了……

我沒有睡着，一直期待着媽媽對爸爸說白球鞋的事。果然，媽媽扎完一根鞋底線，輕聲對爸爸說：

「阿平要到縣城裏去比乒乓了，他想買一雙白球鞋。」

爸爸正用舊鉛絲在箍一隻壞了的熱水瓶竹殼，他聽了，沒好氣地說：

「才給他們三人交了書費，學費還欠着呢，哪來的錢？」

「唉，孩子也是第一次出門啊，他說他的同學都有白球鞋。」

「哪能跟人家比！你不是在給他做新布鞋嗎，對他說，還是穿布鞋好，透氣，合腳。」

媽媽長長地歎了一口氣，不作聲了。

不知怎的，我躺在牀上，鼻子酸溜溜的，心裏感到委屈極了。我不是個不懂事的孩子，每當學校放假，姐姐編麥秸帶，我就出去摘紅冬冬、挖蒲公英、採夜合花，甚至捉青梢蛇、逮烏龜，將這些藥材賣給藥店，用來補貼家用。有時放學早，我就到媽媽那裏，為她提水、拌煤屑，為的是讓媽媽第二天敲蜂窩煤球時能省些力氣。還有，我從不像別人家的孩子那樣吵着要零食吃，吃飯的菜再差也不耍脾氣。媽常對我說：「要好好讀書，要爭氣。」這兩年學校裏很亂，但我的成績

總是班上最好的……可是，我要買一雙白球鞋，爸爸卻不肯……

我的眼淚流出來了，從眼角邊淌到枕頭上。我悄悄側過頭，把臉別向裏邊。

誰知，我這輕微的動作，立刻讓媽媽發現了。她放下針線，俯下身，雙手捧住我的臉蛋，把我的頭又扳過來，替我擦了擦臉上的淚水，勸慰道：

「阿平，乖孩子，快別哭！過一段時間，媽一定替你去買白球鞋啊！」

「我不要買了！不要買了！」我賭氣地重重翻了個身，嚶嚶地哭出了聲。

「小囝不要任性！家裏的情況你又不是不知道，哪能開口要閉口到！」爸爸顯然生氣了，聲音火爆爆的。

「誰任性啦？我不要買了！不要買了！」我哭着頂嘴。

爸爸還想說甚麼，被媽媽勸住了。媽媽坐在燈下，又拿起鞋底，默默地扎起來，再也沒說甚麼。

屋子裏靜靜的，除了媽媽手裏「嗞嗞」的抽線聲，就是小河輕輕的流水聲。這聲音是多麼熟悉，又多麼溫柔。漸漸地，我不哭了，睡着了⋯⋯

第二天，我再也沒有提起要買白球鞋的事，我對它已不抱任何希望了。

平靜下來想一想，爸爸媽媽確實也有難處。剛開學，我們姐弟三人交了書費，家裏開支更緊了。媽媽又很要強，從我們入學起，從來不要國家減免一分錢的學費，她說：「否則要被人家瞧不起的。」所以，我們的學費都是開學時訂好計劃按月交的，這學期的學費都還欠着呢！這幾天，媽媽總是顯得悶悶不樂，不知是不是為了不能替我買白球鞋的事。媽媽多辛苦啊！她長得很瘦小，白天幹的是重體力活，晚上回來還要忙家務、做針線，有時疲勞得在睡夢中直呻吟。我真想對媽媽說：「媽媽，我不要買白球鞋了，不是賭氣，是真的！真的！」可我始終沒有說出口。

後天就要進縣城比賽了，我被緊張的訓練和出門前的激

動，攪得心裏熱騰騰的。

不知怎的，這兩天媽媽顯得更忙碌了，一早出去，很晚回來，甚至吃過晚飯還出門。

這天晚上，媽臨出門前，一面給我整理明天上縣城的替換衣服，一面叮囑道：

「阿平，你是第一次出門，到了外面可要聽老師的話。城裏自行車多，還有汽車，穿馬路要當心；給你的生活費，要放好，放到內衣口袋裏，用別針別上；晚上睡覺要當心，別受了涼……阿平，你也大了，媽不多說了……」

說完，媽媽走了。

第二天，我很早就起了牀，可是，和昨天一樣，媽媽已經不在了，不知是一早走了還是昨晚上根本沒回來。這兩個晚上，媽媽到哪裏去了呢？

我等了很久，不見媽媽回來，就到輪船碼頭集合去了。

碼頭上人很多，我多麼希望能在人羣中看到媽媽的身影！

我等啊等，當輪船在鎮頭的環龍橋下拉響汽笛，啊，媽

媽來了！她急匆匆地跑來，撥開人羣往裏擠。我連忙呼喊着朝她迎了上去。

媽媽腋下挾着個紙包，她見了我，吁了口氣，說：

「總算趕上了！阿平，東西都帶了嗎？」

「都帶了。」

「看！你要的白球鞋，媽也給你買來了！」

我一驚！甚麼，白球鞋？！

「瞧，多好的球鞋！」媽媽一面打開紙包拿出白球鞋，一面喜滋滋地說，「真急煞人，敲了兩夜煤球攢了些錢，我一早就等會計來結賬，結了賬又去領錢，領了錢又到供銷社去買球鞋。我真擔心趕不上吶！阿平，快換上吧！」

我愣着，沒動。我明白了：為了我這雙白球鞋，媽媽竟敲了兩夜的煤球！望着媽媽消瘦疲倦的面容，望着媽媽臉上過早出現的皺紋和佈滿血絲的雙眼，望着媽媽捧着白球鞋的那雙粗糙而粘滿黑煤屑的手，我的心都顫抖了！我緊咬着下嘴唇，使勁沒讓眼淚流出來。

「阿平，快換上！輪船要開了。」媽媽沒發現我情緒的變化，竟把我當成小孩一樣，蹲下身子，為我脫去布鞋，換上了新球鞋。她替我繫好鞋帶，端詳着說：

「呀，真好看！真是人要衣裝，佛要金飾，阿平穿上白球鞋更神氣了！阿平，快上船吧！要記住媽的話，出門自己當心，聽老師的話，晚上小心着涼，錢要放好，放在內衣口袋裏，用別針別上……」

我的眼眶裏充滿了淚水，哽咽着使勁點了點頭，一轉身，走上了輪船。

輪船一聲長鳴，犁開河面，徐徐離開了碼頭。

碼頭上，人都走空了，可媽媽依然站在那裏，向我招手，還不時撩起衣角擦眼睛。

我伏在輪船的窗口上，望着媽媽越來越小的身影，眼淚撲簌簌地流了出來。媽媽，親愛的媽媽！為了滿足你兒子一個過高的要求，為了不使你兒子第一次出門有絲毫的不快，你忍受了多大的辛苦啊！大大的木榔頭，烏黑的蜂窩煤球，淋漓的

汗水，沉重的喘息，腫脹的手臂，憔悴的面容……我控制不

住自己，也顧不得其他同學的驚奇，哭出了聲……

小河依舊，它還是那麼清澈，那麼恬靜。我卻長大了。

這些年，我們家裏的經濟情況發生了很大的變化，母親

回到了學校並已退休，那雙穿了多年、補得認不出本來面目

的白球鞋，我還珍藏着，這是母親對兒子的一片深情啊！每當

我回到故鄉，重新踏上這「後水閣」，媽媽當年那「唰、唰、

唰」的洗手聲總在我耳邊久久迴蕩。我一直後悔，當初為甚麼

偏要媽媽買這麼一雙白球鞋呢？我是多麼的不懂事！同時，

我也常常想：我們從襁褓裏到牙牙學語，從入學到長大成

人，做母親的花了多少心血！如今，她們又把愛傾注在孫輩身

上，我們做兒子的應該怎樣對待含辛茹苦地把我們撫育成人，

而現已年老的母親……

悠悠的小河，你應該是個見證人！

一九八一年七月十九日寫於南京百子亭

後　記

　　這套注音本裏所收的短篇小説是我最初的創作：

　　那時，兒童文學創作界深受前輩陳伯吹先生兒童文學理論的影響，把兒童情趣的營造當做很高的追求，其實這沒錯也非淺薄，兒童情趣也是兒童文學區別於其他文學門類的重要特徵。事實上，兒童情趣的獲得是極難的，要達到「妙趣橫生」的境界談何容易，就像幽默感這麼高貴的東西不是誰都能擁有的一樣。這些小説中許多調皮的孩子身上都有我童年的影子，雖説那個年代物質匱乏、生活清苦，但我們無比快樂，我們可以盡情地奔跑追逐、嬉戲玩耍，我們和大自然、小動物有親密的接觸，我們能發明層出不窮的玩的花樣……相比現在的孩子沉重的學業、對成績和名校過分的追求，我們的童年是多麼的幸運！其實，「會玩」是值得推崇的，在「玩」的裏面隱含着無盡的想像力和創造力。我相信，一個「會玩」的孩子一定身體健康、心理陽光、充滿情趣，你説對孩子還有甚麼比這更高的期盼！

這套注音本裏還有一批抒情性的小説：

那時「以情見長」、「以情感人」的文學理念非常流行，所以有一段不太長的時間我無論在選材上還是在行筆上，很刻意地去追求純情和唯美，我努力想把自己感受到的一些美好的情愫傳達給孩子。而今，當我再度讀到我那時寫下的文字，有時會為自己當初的稚嫩而啞然失笑，有時卻又為自己感動，感動自己年輕的時候竟有那麼純真美好的情懷。我嘗試着把這些作品讀給我9歲的孫子聽，他竟聽得極為入神，我稍停片刻，他就迫不及待地催問後來呢、後來呢。我把關心姐姐在電台裏誦讀的我的作品片斷播放給他聽，他更是聽得如痴如醉。孩子確實需要美好情感的滋養，這樣，快樂和高雅會陪伴着他的人生。

希望小朋友們能喜歡我的這些作品。

劉健屏
2018年1月

責任編輯　楊紫東　楊禾語

裝幀設計　鄧佩儀

排　版　鄧佩儀

印　務　劉漢舉

兒童成長故事注音本

閃爍的螢火

劉健屏　著

出版｜中華教育

香港北角英皇道 499 號北角工業大廈 1 樓 B 室
電話：(852) 2137 2338　傳真：(852) 2713 8202
電子郵件：info@chunghwabook.com.hk
網址：http://www.chunghwabook.com.hk

發行｜香港聯合書刊物流有限公司

香港新界荃灣德士古道 220-248 號荃灣工業中心 16 樓
電話：(852) 2150 2100　傳真：(852) 2407 3062
電子郵件：info@suplogistics.com.hk

印刷｜美雅印刷製本有限公司

香港觀塘榮業街 6 號海濱工業大廈 4 字樓 A 室

版次｜ 2022 年 12 月第 1 版第 1 次印刷
©2022 中華教育

規格｜ 16 開 (210mm x 170mm)

ISBN｜ 978-988-8809-21-9